Frohe Weihnachten
und ein gesegnetes neues Jahr

W0266448

2. Auflage 1987

© 1986 Brunnen Verlag Gießen
Text und Graphiken von Hanna Ahrens
Herstellung: St.-Johannis-Druckerei, Lahr
ISBN 3-7655-5715-3

Hanna Ahrens

Der kleine Stern von Bethlehem

Ein Weihnachtsmärchen für Erwachsene

BRUNNEN VERLAG GIESSEN/BASEL

Der kleine Stern stand am Himmel zwischen den Milliarden anderer Sterne. Er war ein kleiner, weißer Punkt, unendlich weit entfernt. Keiner bemerkte ihn. Eben das war sein Kummer. Er war kein Morgen- oder Abendstern. Kein Großer Bär. Nicht einmal das Reiterlein auf der Deichsel des Wagens.
Als er sah, wie hell der Stern über dem Stall von Bethlehem leuchtete, dachte er: „Einmal möchte ich so leuchten! Einmal über dem Stall stehen, in dem das Kind geboren ist!"
Aber die Erde war weit entfernt.
Doch das Kind in der Krippe hörte seinen Wunsch. Und das Kind sah den kleinen Stern, mitten zwischen den vielen anderen Sternen.

Und dann geschah es: Der kleine weiße Punkt löste sich langsam aus der großen Milchstraße und fiel und fiel – immer tiefer. Und während er so fiel, wurde er immer größer. Jetzt war er schon so groß wie eine Hand und hatte fünf gelbe Zacken. Er sah aus wie ein richtiger Stern.
Und dann fiel er ganz sanft mitten in den Stall. Auf dem Rand der Krippe hockte er und sah etwas erschrocken aus.
Maria, die gerade schlief, wunderte sich, daß es so hell wurde.
„Es ist Weihnachten", sagte das Kind. „Du darfst dir etwas wünschen. Ich weiß, du hast einen großen Wunsch."
Der kleine Stern aber sah nur das Gesicht des Kindes, wie es ihn anlächelte.

„Ich habe keinen Wunsch", sagte der kleine Stern. Er sagte das nicht aus Bescheidenheit. Er hatte wirklich vergessen, was er sich so sehr gewünscht hatte.
„Ich möchte nur eines", sagte er. „Laß mich hier bei dir bleiben – in deiner Nähe, wo ich dich sehen kann. Ich möchte immer bei dir bleiben. Darf ich das?"
„Das darfst du", antwortete das Kind. „Aber du kannst nur bei mir bleiben, wenn du weggehst; hin zu den Menschen, die hier auf der Erde wohnen. Wenn du ihnen erzählst, daß du mich gesehen hast."
„Die Menschen", sagte der kleine Stern, „werden meine Sprache nicht verstehen und mir nicht glauben. Und . . . wie soll ich zu ihnen kommen? Sie sind ja in ihren Häusern. Die Türen sind zu, es ist kalt."
„Weil es kalt ist, sollst du gehen und sie wärmen. Und die Türen? Ich selbst werde sie für dich öffnen. Ich werde da sein bei den Menschen, zu denen du kommst."
Der kleine Stern schwieg. Er fühlte sich jetzt noch kleiner als vorher.
Als das Kind sah, daß der Stern traurig war, lächelte es ihn an: „Wenn du gehst, werde ich dir etwas schenken! Weil du fünf schöne gelbe Spitzen hast, will ich dir fünf Geschenke mit auf den Weg geben: Wohin du kommst, da wird es hell werden. Die Menschen sollen deine Sprache verstehen. Du kannst ihr Herz anrühren. Du kannst Traurige fröhlich machen und Unversöhnliche versöhnen."
„Ich will es versuchen", sagte der kleine Stern. Und als er aufstand, spürte er, daß etwas von dem Licht, das das Kind umgab, mit ihm ging. Etwas von der Wärme und Freude und seinem Frieden.

Der kleine Stern stand nicht groß und leuchtend über dem Stall, er war eher unscheinbar, als er so über die Erde wanderte. Aber er trug ein Geheimnis bei sich, von dem die anderen Sterne nichts ahnten: Das Kind hatte ihn angelächelt und auf den Weg geschickt. Es hatte ihm Gaben gegeben, die er kaum fassen konnte.
Und so ging er nun über die Berge und durch die Flüsse; er ging dort, wo keine Wege waren. So, wie das Kind es gesagt hatte. Überall wohnten Menschen.
Er mußte nicht weit gehen, bis er an eine Hütte kam, in der eine alte Frau saß, die Ellbogen auf den Tisch gestützt. Er konnte sie kaum erkennen, so dunkel war es im Haus.
„Guten Abend", sagte der kleine Stern. „Es ist so dunkel bei dir. Darf ich hereinkommen?"
„Es ist immer dunkel bei mir", sagte die alte Frau. „Auch wenn ich Licht mache. Ich bin blind. Aber komm nur herein, wer du auch bist."
„Danke", sagte der kleine Stern und setzte sich zu der Frau an den Tisch. Und als sie eine Weile so dagesessen hatten, erzählte der Stern von seinem weiten Weg vom Himmel und von dem, was er in Bethlehem erlebt hatte. Und er erzählte so schön, daß die Frau sagte: „Es ist mir fast so, als könnte ich das Kind in der Krippe auch sehen. Dabei bin ich doch blind, und das Kind ist weit weg. Wenn du bei mir bleibst, ist es heller. Bleib bei mir, dann bin ich nicht so allein."
„Du wirst nie mehr allein sein", sagte der Stern. „Das Licht von dem Kind bleibt nun immer bei dir! Aber eines ist merkwürdig mit diesem Licht: Du kannst es nur behalten, wenn du es weiterverschenkst."
„Ich verstehe", sagte die Frau.
Als sie sich verabschiedet hatten, schloß sie ihre Hütte ab und ging über die Felder. Sie ging wie jemand, der sehen konnte.

Vor ihr auf dem Weg war Licht. Ein Licht, das auch Blinde sehen. Der kleine Stern freute sich. Er hatte noch mehr Geschenke zu verteilen, und die Weihnachtsnacht war noch nicht zu Ende.

Sie geht nicht zu Ende. Der Stern wandert noch heute über die Erde. Ich kann dir abends am Sternenhimmel den Platz zeigen, wo er gestanden hat. Wo er heute ist, weiß ich nicht. Aber ich weiß, daß er nur zu denen kommt, die sich etwas wünschen. Die Frau hatte sich gewünscht, nur so viel sehen zu können, daß sie aufstehen und gehen könnte.
Und der kleine Stern – er wäre noch heute ein kleiner weißer Punkt am Himmel, wenn er nicht einen so großen Wunsch gehabt hätte.
Zu Weihnachten darf sich jeder etwas wünschen, nicht nur Kinder. Das Kind in der Krippe hört alle Wünsche und fragt: Was soll ich dir schenken?
In der Weihnachtsnacht geschehen Wunder, auch in diesem Jahr. Vielleicht geschieht sogar das Wunder, daß du – wie der Stern – deinen Wunsch vergißt, wenn du das Kind siehst und es dich anlächelt.

Bücher von Hanna Ahrens

Schenk mir einen Regenbogen
88 Seiten. Taschenbuch. 3. Auflage

Feste, die vom Himmel fallen
100 Seiten. Fester Einband

Worte, die den Tag verändern
64 Seiten. Fester Einband. 3. Auflage

Das Herz hergeben
oder: Wie Leben gelingen kann
112 Seiten. Paperback. 2. Auflage

Der Esel und der Apfelbaum
24 Seiten. Fester Einband. Vierfarbig illustriert.

BRUNNEN VERLAG GIESSEN